KB117314

두근두근
기분 좋아져라

두근두근 기분 좋아져라

지은이 정헌재
펴낸이 임상진
펴낸곳 (주)넥서스

초판   1쇄 발행 2012년 12월 15일
초판 27쇄 발행 2017년   5월 25일

2판   1쇄 발행 2018년   5월   5일
2판   2쇄 발행 2018년   5월 10일

출판신고 1992년 4월 3일 제311-2002-2호
10880 경기도 파주시 지목로 5
전화 (02)330-5500 팩스 (02)330-5555
ISBN 979-11-6165-339-6 03810

저자와 출판사의 허락 없이 내용의 일부를
인용하거나 발췌하는 것을 금합니다.

가격은 뒤표지에 있습니다.
잘못 만들어진 책은 구입처에서 바꾸어 드립니다.

* 이 책은 『두근두근 기분 좋아져라』의 개정판입니다.

www.nexusbook.com
넥서스BOOKS는 넥서스의 실용 브랜드입니다.

페리의
감성생활
CARTOON

두근두근
기분 좋아져라

넥서스BOOKS

ㄷ 당신에게

글로는 부족하니
사진을 얹고
사진으로도 부족하니
그림을 얹어서
당신에게 보냅니다

몇 장의 그림
몇 장의 사진
몇 줄의 글이
당신의 가슴에 말을 걸수 있기를 바랍니다

그래서
당신의 가슴이
기분좋게
기분좋 두근거렸으면
좋겠습니다

차례

.... 넘어졌던 그때 ....

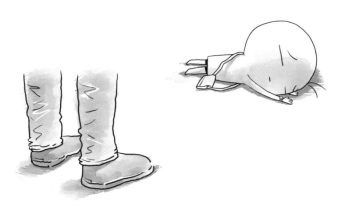

누구는 그냥 밟고 지나갔고,

누구는 말로 더 무겁게 눌렀고,

누구는 시험해보고,

누구는 아프게 온 몸을 찔렀습니다.

금방 일어날 수 있을 것 같았는데
"더" 기운이 빠지고,

"더" 깊은곳으로 추락하는 것 같았습니다.

진짜 못 일어날지도 모르겠다고 생각할 쯤....

아무도 물어보지 않던 그 한마디,

아무도 듣지않으려던 나의 이야기.

눈물이 핑 돌던 그때,

모두 내가 잘못된거라 얘기하는데,

"괜찮니?
무슨일이야?"
들려온 저 두마디에
다시 일어나야겠다는 생각이 들었습니다.

그리고
일어날 수 있었어요.

#02
비

그런 비가 있어요.

피할 수 없는 비,

그런 비가 있습니다.

우산을 써도 소용없는 비.
정말, 정말 피할수 없는 비.

'그래도 뭐, 이정도면 그리 심하게
젖지 않고 괜찮네' 라고 생각 하는데

등장하는 사람이 있습니다.

바로 '참견자격증 1급' 소지자,
혹은 '오지라퍼(직업적 오지랖꾼)'

작은 먹구름이 떠서
다시 나에게만 비가내립니다.

나도 저 자격증이 있어요.
제 나이가 자격증 나올 나이죠 ㅠ_ㅠδ
그래서 흠뻑 비를 맞은 사람에게
먹구름을 보내고 또 비를 뿌렸던 적이 있습니다.

비를 맞은 사람에게는
파란하늘 한잔, 먼저 줘야겠어요.

누군가 자꾸 상처를 건드린다면,
그러지 말라고, 아프다고 꼭 얘기하세요.

#03 가방

잘 담아라!

와아!

어렸을 적,
제게 가방이 하나 주어졌습니다.

생전 처음 생긴 가방이라
설레고 또 설렜습니다.

가방을 둘러매고 나니
뭔가 금방 이루어질 것 같았습니다.

무언가를 채우라고 했으니
열심히 채우기 시작했어요.

잘한다

잘해!

주변에서 '잘한다'하니
괜히 뿌듯해지고 그랬어요.

담고, 담고 또 담았어요,

이것저것 채우다 보니
가방은 점점 커지고 무거워졌습니다.

가방을 한번쯤 봐야겠다는 생각이 들다가도
다른 사람들 얘기에 '뭔가 가득 채워지고 있구나'
하고 안심했습니다.

게다가 사람들은
제 가방을 채워주기도 했으니까요.

조금 불편하고 힘든 건
가방이 채워지는 대가라 생각했어요.

그리고 다른 사람의 가방을 보고
위안을 얻기도 했고요.

하지만 가방은 점점 무거워졌습니다.

고개를 들 수가 없었어요.

그저 등과 어깨면 이 가방을 지고 갈수 있을줄 알았는데,

머리, 다리, 내 몸 모두를 사용해도
간신히 가방을 들고있는 것밖에는
할수 있는 것이 없었습니다.

' 내려놓을까?'

'내려놓아도 될까? 그래도 될까?
이제까지 채웠던 것은?
사람들이 이상하게 보지않을까?
사람들이 잘한다 했었는데....
실망하지않을까?'

걷지도 못하고,
고개를 들어 앞도 보지 못하는데
이런 바보같은 생각만 하고있었습니다.

다리는 후들거리고

숨이 차고 가슴도 갑갑해졌습니다.
'내려놓아야 하나?
그래야 하나?
어떻게,
어떻게....'

어느새 이렇게 되고 말았습니다.
가방에 든 내용물이 뭔지도 모르고
'채워야 한다' 그래서 채우고
'버리면 안된다' 그래서 꽁꽁 끌어넣고
가방이 묵직해지니 뭔가 이루어진 것 같아 기분이 좋았습니다.

바바.....

어느새 이렇게 커져있었구나.
햇빛을 가리고
머리를 누르고
가슴을 누르고
이렇게 키우고 있었구나.

내 꿈, 남의 꿈 구분도 못하고
어떻게 생긴 건지 무엇인지 생각도 하지않고
채우다보니 이렇게 되었구나.

이게 진짜
내거구나.

무엇을 채웠는지, 무엇을 채울건지, 만나길 바랄게요.

햇살 받기
이 정도면 충분해!

★ 주의 - 이 이야기는 우울증에 대한 이야기가 아닌
페리씨 개인의 '일상적인 우울 대처법' 이야기입니다!

①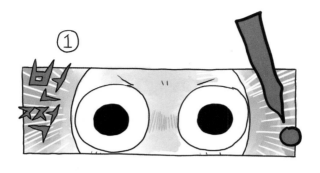

②

Chapter 1 ○ (억지로라도) 몸 움직이기

일단 많이 가라앉다보니
엉망진창 엉클어진 생각들이 많습니다.

그래서
생각을 지우는 달리기

마음을 차분하게 만들어주는 작업실 정리

Chapter 2. (좋아하는) 영화 다시보기

요것은 차가운 우울'해(海) 때문에
내려간 가슴온도를 올리기 위한것인데,

가장 최근 우울탈출용으로 본 영화는....
(DVD 꽂이에서 그때그때 필 받는 녀석으로)

" 빌 리 엘 리 엇 "

" 마법에 걸린 사랑 "

☆ 영덕후(영화덕후) 이야기는 다음에 좀더 자세히....)

Chapter 3 。 수다

여자들만 수다떤다는
편견을 버려요!
남자도 은근 수다로
구원받습니다!

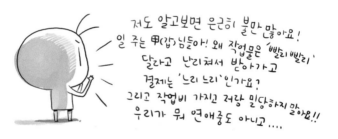

저도 알고보면 은근히 불만 많아요!
일 주는 甲(갑)님들아! 왜 작업물은 '빨리 빨리'
달라고 난리쳐서 받아가고
결제는 '느리 느리'인가요?
그리고 작업비 가지고 저랑 밀당하지 말아요!!
우리가 뭐 연애중도 아니고....

X100

아~
완전 수다쟁이
그만!

Chapter 4 。상상산책

챕터1에서 충분히 뛰었으니
이제는 조금 천천히 걷습니다.

이때는 아무 생각이나 막 합니다.
주로 즐거운 상상들을 하는데
로또맞으면 뭐 할까? 같은 생각부터 (큭큭 ㅎ_ㅎ)
1달 뒤, 1년 뒤, 2년 뒤,
구체적인 꿈들을 머릿속에 그리곤 합니다.

저는 챕터 1.2.3 에서 비웠으니까
이때 채워요.
(남들은 비우려고 걷는다는데 저는 채우려고 걸어요)

chapter 5. 쓰기

그리고 기록을 합니다.
상상했던 것들을 말이에요.

파바바바

이때 무슨 계획이나 그런 건전한 것만 적냐?
아니요.
열 받으면 욕도 적고. 아주 그냥 난리도 아닙니다.
그러면서 쌓였던 것을 또 한번 풀죠.

대략 요 정도하면,

요렇게 수면위로 올라옵니다.

몇 가지 다른 소스 첨가
(음악듣기, 노래부르기, 드라이브!)

다시 가라앉지 않게 ①~⑤를 반복하면서
일단 육지까지 고고!

그렇게
제 인생의 ✗✗✗ 번째 우울'해'(海) 통과.

P.S.

그러놓고 보니 우울'해'(海)에서
매우 잘 빠져나오는것 같지만,

본인은
우울이녀석....

실은 매우힘든 일이에요 - ^-ㅇ

그래도 각자 자신만의 노하우를
만들어 보세요 !!!

이 만큼...아니   더 크게 웃어요

저는 거의 매일밤을 샙니다.

어른들이 말하는 밤도깨비죠.
이렇게 산 지 꽤 오래되었습니다.

가뜩이나 건강제로 인생이라
또 탁! 하고 넘어져서
인생퇴갤, 로그아웃 할까봐

「일찍자고 일찍 일어나서 낮에 좀 일해보자!」
라고 다짐을 해봤지만

일찍 일어나서
일하려고 하면

뭔가 이상하게
기운이 빠지는

이런느낌. -ㅅ-ㅇ
그래서 결국 실패!

대낮을 밤으로 바꿔주는 암막커튼 설치!

깜깜하지만 대낮임을 느껴서 그런지
머리가 텅! 그래서 실패 -_-ㅇ

결국 전 다시 다크사이드로 넘어갔습니다.

건강에 좋지 않고
낮 시간도 늘 힘들지만
밤샘작업이 좋은 것도 있어요!

그것은 바로 '새벽'입니다

컴퓨터 모니터에 바짝 붙어 앉아
밤샘작업을 하다 보면 한계시간(나만의)이 되는데,
그때 바로 어슴푸레 해가 뜨는 시간입니다.

작업실 안이 파랗게 물드는 시간이죠.

파란햇살 물감,
방 안에 던져진 파란 새벽,
방 안을 뛰어다니는 파란빛 기운.

그리고
그리길지 않은 시간.

방안가득 들어찬 파란기운을 맞으며
기지개를 펴는 동안
곧 하얀햇살이 찾아옵니다.

새벽에서 아침으로 넘어가는 거죠.

피곤의 한가운데 섰을 때 찾아오는
이 푸른새벽이 너무 좋아요.

뭐랄까, 그냥
살아있는 느낌이 들어요.

이주짧은 시간 찾아왔다, 금방 사라지지만
그래도 매일 찾아오니
얼마나 기분좋은지 몰라요.

옛날엔 저도 이런 느낌 몰랐습니다.
당연히 아침에는 해뜨고
저녁에는 노을지고,
고개 들면 하늘 있고,
아래 보면 땅 있고,
그냥 당연하게만 생각했었습니다.

당연한 것들이니 특별할 것도 없고
특별하다 생각하지 않으니
새삼스럽게 다시 볼 일도 없었습니다.

당연히 찾아오는 것,
늘 내 곁에 있는 것,

그 '당연한 것'이

어....
아버지,
할머니....

사라지고 나서야 알게 되었죠.

'당연한 것'은 없다는 것을....

원래 찾아오는 것,
그냥 당연히 내 주위에 있는것,

당연히 내 곁에 있어야 할 사람,
당연히 해줘야 할 일,
그런 건 없었어요.

다 이유가 있고
의미가 있었습니다.
다 특별한 겁니다

그때 찾아왔던 저녁노을,
그 때 찾아왔던 푸른새벽,

그 때,
날 잊지않고 찾아왔던
그 사람들,

모두 다.

특별한 새벽,
특별한 하루가 또 시작되려 합니다.

오늘 하루가 당신에게 특별한 날이 되길

#06
걱정과 고민

어! 왜 그러니?

일...일 좀
자 구작시켜!

타블렛씨가 아팠습니다.
지금도 깜빡깜빡해서
엄청 걱정입니다!

고장나면 AS비용 완전 후덜덜 ◉‿◉ఠ

컴퓨터씨도 오락가락하고요!

여러가지 사정으로 서울 근처(최대한가깝게)로
이사가야 하는데,

이사를 거의 다니지 않아서인지
「이사가는 것」 자체에 대한 스트레스와

전, 월세값 폭등!

집 알아보러 다니는 것도 힘들고

몸 한군데가 또 탈이 났습니다.
늘 조심하던 부분이었는데 결국 고장판정을 받았죠.

그래요. 모든 일은 한꺼번에 찾아옵니다.

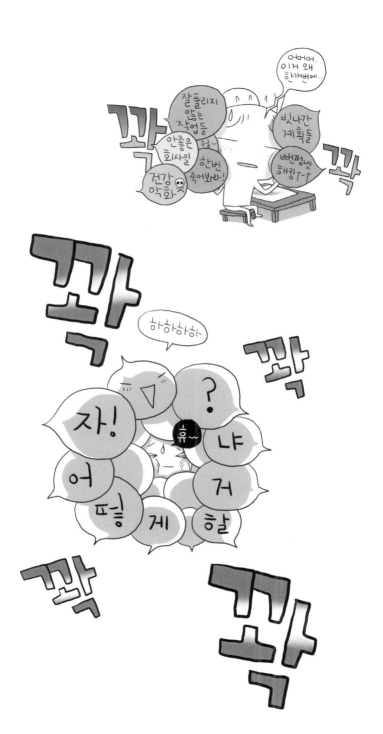

하여튼 얘네들은
늘 그렇게 몰려다니죠!!

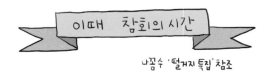

나꼼수 '떨거지 특집' 참조

순간 뜨끔했어요.

확실히 몇몇 애들은 제가 불러온 게 맞네요.

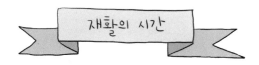

재활의 시간

제가 일단 맘이 단순합니다.
이런 생각 들자마자 아! 하고
갑자기 고민들이 빵빵 사라지기 시작했어요.

그냥 단순히
「이것은 내가 어찌할수 없는」
욕심내서   그것만 걸러내도,
제가 데려온 녀석들만 빵빵빵 터뜨려도
괴로운 일들, 고민들이 엄청 줄어드는거예요.

되지도않는 인생의 「불수의근」(내 의지대로 움직일 수 없는 근육)을
쥐었다 폈다 하려고 끙끙 대지말고
「수의근」이나 탄탄하게 만들어보세!!!

#01

감정 이입

또
감정이입
하셨네!

아악
안돼!!!!

뿌직 뿌직!

들썩 들썩!

아주
대단한
감성꾸러기가
요기있네!

(=격하게)
여기 뭔가에 심하게 감정이입하는
캐릭터가 살고있습니다.

녀석과 영화를 보면 ....

사람들 많은데서
하지마!

지이이이이잉 —

※.입으로 내는 소리

매그니토가
완전
짱이야!!

항상 이런식이고,

특히 BGM + 노래흥얼 모드로 들어가면....

하루종일 . . . .

이렇게 . . . .

불러대는 통에 귀에 딱지가 앉을정도예요!

최근에는 5년간 타던 차를 파는데
아주 그냥 눈물겹더라고요!!!

어떨 때는 위태위태 보이기도 하고,
아무튼 전 녀석이
피곤하게 산다고 생각했어요.

맨날 뭐 챙겨봐야 하고,

보고 웃고,

듣고 울고,

느끼고....

그런데 나는
언제부터 이렇게 무뎌진거지?

고마웠던 마음을 표현하려고 했었는데....

그... 그...

얘기하려고 했었는데
쑥쓰럽기도 하고 막 간질거려서,
그냥 알아주겠지 하며.

결국 말하지 못하고 지나갔던 그때,

그리고 네가 말을 점점 생략하기 시작하던 그 때,

알아주겠지 하고 넘어가고,

쑥쓰럽다고, 새삼스럽다, 미안하다
하면서 넘어가고 . . . .

귀찮아서 넘어가고,

차근차근 쌓아가는 모든 관계의 앞부분을 걷어찼던 그 때,

네가 원하던 부분만 돌려보려고 하던 그 때,

요즘 당신, 생략하지 말아야
할 것을 생략한게 있나요?

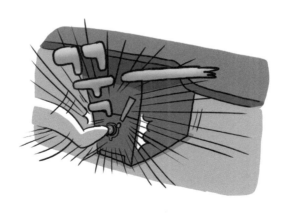

순간, 세상이 하얘진다.

" 혼이 빠져나가는 느낌이다 "

"후우우우우우…."

샤아아아아아

싸아아아아이-

"하아아아아...."

안전 온도 넘어가면
나도타고 남도 태워버린다.
너무 과열되기 전에
머릿속 스프링클러 작동!

최근에 너무 과열되서 터질뻔 했던
사건은....?

"마음좀 식혀요"

그래요. 우리는 늘 상처받은것만 기억하죠

돌고, 돌고, 돌고

상처는 계속 돌고 도네요.

의도했던, 의도하지 않았던
상처줬던 내사람들에게 정말 미안해.

사ㄹㄹㄹ해줄
영적ㄹ지ㅠ해줄

사랑한잔

끝나지 않을 것 같던 여름.

그치지 않을 것처럼 내리던 비,

그러다 며칠 전 밤,
올해의 첫 입김을 만나고나서야
어느새 여름이 끝난 것을 알았습니다.

사랑의 롤러코스터가 아닌 -ㅅ-ㅇ
가을맞이 감정 익스프레스 한판 타고 나면
어느새 겨울이 와 있겠죠.

언제부터인가 제 시간은

'우사인볼트' 마냥 빨라졌는데,
생각해보면 시간이란 놈은
참 변화무쌍합니다.
말도 잘 안 듣고요....

빨리 가라고 그럴땐,

그렇게 안 가고....

학생시절 처음 시간이 정지된다는 것을 알게해준
수학시간(산수였던 시절)이미 이별을 경험합니다 -ㅂ-ð
시간은 멈췄지만 선생님은 멈추지 않.... -^-ð

좀 천천히 가라고 그럴땐
엄청 빨리가죠.

물론....

(조금전까지는 엄청 빨리가던 시간이
순식간에 느려졌음요!)

상황에 따라서
순식간에 뒤바뀌기도 합니다!
ㅠ ㅅ ㅠ 8

나 모르게 갑자기 사라지기도 하고

제 것만 부족할 때도 많습니다.

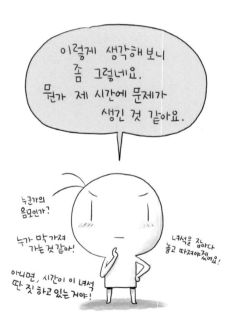

내 시간을 물 위로
흘려보내는 건 누구인가?

누구인가?

#06

좋아요

재활용쓰레기를 버리러 나갔다가 깜짝놀랐습니다.

헉! 춥다!

얼마전까지
따뜻했는데....

쌩

갑자기 너무 추워졌더라고요.

얼마전까지는 겨울같지 않은 겨울이었는데....

예! 겨울이 왔습니다!

사람들마다 좋아하는 계절이 있잖아요.
저는 겨울을 좋아합니다!

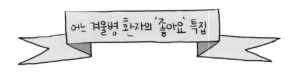

겨울에는 외투며 목도리, 모자, 장갑
이런 거 하잖아요.

애정결핍증(?)인지 이렇게 따뜻한 옷에
포옥 감싸져 있는 느낌이 좋아요 👍

마치 이런 느낌!

정신이 번쩍들만큼 차가운 겨울공기가
가슴속 깊이 들어오는게 좋아요 👍

엄청더워서 진짜 목마를때
겁나 시원한 탄산음료 마시는 그런 느낌이랄까요.

진짜는 산 공기죠.

겨울산 공기 한번쯤 다 느껴보셨죠?

나무로 가득한 숲속에서 뿜어져 나오는 맑은공기

혹시 잘 모르는 분들은 겨울산에 꼭 가보세요!

겨울에 먹으면 맛이 + 200 되는 음식들이 있어서

따뜻한 국물을 먹으면
뱃속이 따뜻해지는

그 느낌이 좋아요.

따뜻한 방에서 만화책 보면서 귤 까먹기 신공!
캬~ 상상만 해도 기분 좋아요.

그리고 눈,

밤새 하얗게 내린 눈을 밟는 게 좋아요 👍

나이를 삼십몇(아악!) .... 개나 먹었지만

아직도 눈이 좋습니다.

저는 늘 밤새 일해서
밤 사이 내리는 눈을 가끔 만나는데,

아무도 다녀가지 않은 눈 위를 걷는 기분,
그것도 푸르스름한 새벽에....
그 기분을 너무 좋아해요!
밤새 일해서 피곤했던 모든 게
싹 사라지거든요.

뭐 이제 나이를 먹고 운전을 하다 보니,

이런 걱정을 하기는 하지만,

금방 또 이렇게 되곤 합니다.

따뜻한 외투가 감싸는게 좋고
차가운 공기가 좋고
맛있는 겨울음식이 좋고
하늘에서 내리는 눈이 좋습니다.

사실 이런 것들 말고도
'그냥' 겨울의 느낌이 좋아요.

추워서
손을 잡아줘야 하는게 좋고
일년의 끝이라
생각나는 사람이 많아서,
보고싶은 사람이 많아서
좋아요.

그래서

겨울이 .... 좋아요,

당신도 겨울을 좋아하나요?

"따뜻한 겨울이 되길"

삶에는 여러 가지 선택이 있죠.

여기 '단단'을 선택했던 사람이 있습니다.

이 험하고 거지같은 세상에서
상처받지 않고, 낙오되지 않으려면
단단해져야 한다고 생각했죠.

아무리 맞아도 끄떡없는 삶.

그런 삶을 원했어요.
그래서 그는 삼키기 시작했습니다.

눈물이 나면 눈물을 삼키고,

할 말을 삼키고,

마음을 삼켰습니다.

츄우우웁—

자기 것을 다 삼키고 나서는
주위에 보이고 느껴지는 것들을
삼켜댔습니다.

그렇게 닥치는 대로 마구 삼켰더니
그는 정말로 단단해졌습니다.

그가 충분히 단단해졌다고 생각할 즈음,

늘 그렇듯 삶의 주먹이 날아왔습니다.

그때, 겨우 작은 바람이 불었습니다.

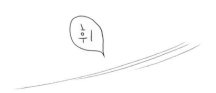

아주 작은 바람 하나,

단단해지고 싶었던 사람이 있었습니다.

상처받지 않으려고
마음을 삼켰던 그 사람은
매일 조금씩 부서져 갔습니다.

감정을 삼켜서
아픔을 알지못하니
자신이 조금씩 깨져나가는 것을 느끼지 못했습니다.

단단해지고 싶었지만
그냥 딱딱해져서
조각조각 깨져버린 사람이 되었습니다.

하지만 그렇게 깨져버린 후에야
다시 발견할 수 있는 게

바로 '그 것'

'마음'

'당신의 진짜 마음'

'당신의 반짝이는 진짜 마음'

바로 그 것입니다.

"마음을
흘리다—"

추억

따뜻했던
그때 그 느낌

#이 카메라

요즘은 누구나 사진기를 하나쯤 가지고 있죠.

저도 똑딱이, 핸드폰, DSLR등
몇개의 카메라를 갖고 있습니다.
하지만 옛날엔 그렇지 않았어요,

제 기억 속 첫번째 카메라는
아버지의 수동카메라 입니다.
그때는 이름도 몰랐지만
아버지가 보물처럼 아끼던 것은 기억납니다.

그당시 저는 아버지의 카메라를
감히 만져 볼 수 없었어요.

아버지의 카메라는
늘 광택이 번쩍번쩍 나는
검은가죽가방에 넣어져
안방 장롱 가장 깊숙한 곳에
놓여있었거든요.

※저희 삼형제는 외계인이 아닙니다 ㅡㅡㅁ

아무튼 아버지의 카메라는 우리 삼형제의
시간을 고스란히 기록해 주면서 저와같이
나이를 먹었습니다.

또 혼자
뭐 먹냐?

나!
완전자동
카메라야

그렇게 나이를 먹고 더 간편한 자동카메라가 생긴 후,

나!
자동이야!

그리고 대부분의 청소년들처럼 아버지와 멀어진후,
저는 더이상 아버지의 카메라와 만날 일이 없었습니다.

다시 아버지의 카메라를 만나게 된 건
미대에 진학해서 사진수업을 듣게된 후였습니다.
수업을 위해서는 수동필름 카메라가 있어야 했거든요.

카메라 살돈도 없고, 어떻게 하나 고민하는데
순간, 아버지의 카메라가 생각났습니다.

하지만, 그때 아버지와 전 사이가 무척 안좋았어요.
대화도 거의없고,
몇년동안 조금씩 멀어진 아버지와의 거리는
도저히 제가 다가갈수 없을 것 같은 상태였습니다.

지금 생각해보면 참 웃긴데 그때는
그냥 이 얘기를 아버지한테 꺼내는 게....
예. 싫었습니다.

※ 간단이 얘기하자면,
주말드라마같은 상황 ㅡㅡㅇ

그렇게 고민×100000 이 백만개 돋을 즈음,

아버지가 먼저 손을 내밀어 주었습니다.
엄마한테 들었다면서....

그 날 아버지는
밤늦도록
저게 카메라에 대해서 얘기해 주었습니다.

정말 오랜만에,
정말로 오랜만에,
아버지와 가까이 앉아서 이야기를
할 수 있었습니다.

1943 ─ 2000

요즘 여러분의 추억을 가장 건드리는 물건은?

기록은 기억이 되고
기억은 추억이 되고
추억이 모여서
반짝이는 삶이 된다

#02
누구에게나
그런 시절은 있다

어휴! 저 초보!
저렇게 길막이를 하면
사고나지! 휴~

오호~
페리 많이 컸어!

지금은 그럭저럭 운전을 하지만
페리 녀석 운전초보 시절, 장난아니었죠

드디어 면허 땄다!

번쩍

팔딱   팔딱

※ 코스 4번 떨어지고 5번째 붙음 --ㅇ

면허 딸때부터 어찌나 호들갑이던지....

세상 모든 차를 다 운전할 것 같았던 페리.

모두들 오토를 따도 괜찮다고 말렸지만
훗날을 대비해야 한다며 페리는 4번이나
코스에서 떨어지며 수동면허를 땄습니다.
(하지만 운전을 시작하고 이제까지
단 한번도 수동차를 몰아보지 못함.-▽-ㅎ 왜 딴겨!)

그리고 금방 '운전킹'이 될 것 같았지만,

현실은 곧바로 장롱면허였죠.

하지만 녀석의 운전훈수는

대단했습니다!

우린 모두 녀석이 자기 차를 사길 기다렸죠!
아주 간절히 ...... ◡ ╮ ◡ ✧

드디어 녀석이 문 두개짜리 중고차를 사던 날,
우리는 모두 만세를 불렀습니다.

저음부터 믹손빼기냐?

도로에 나온 지....

30분만에....

당신도 나도, 그런 시절이 있었지.

#03

거의 사라졌지만
기억나는 그 순간

벌써 밤공기가
차가워졌네.

우와!

조금 늦은 저녁, 야외 테라스가 있는 곳에서
커피를 마시다 깜짝 놀랐습니다.

시원하다고 느끼던 밤공기가
어느새 조금 차갑게 느껴지는 거예요.

가니?

아직
안가!

SUMMER

마지막으로
한번 불사를테다!

개인적으로 여름은 늘 힘들어서
이렇게 조금만 찬바람을 느껴도
막 안도의 한숨을 내쉬곤 합니다.
'조금만 버티면 된다!' 하면서요.

이번여름도
이렇게 사라지는고나!

아직
끝나지
않았다고!
끝나지
않았다고!

SUMMER

분명히 아직 늦더위가 남았겠지만
곧 9월이고 진짜로 조금만 있으면
여름과 안녕하겠죠.

걱정마라.
때되면 나 간다!
내가 언제 안떠난적 있더냐?

SUMMER

헉!

헉!

아·····
여름이 안끝날것 같아!

끝나지 않을것 같은 여름이었는데
어느새 이렇게 찬바람이 느껴지면
뭔가 나도 모르는 사이에 시간이 훌쩍 건너뛴것 같아서
기분이 묘해집니다.

그렇게 사라지지 않을 것 같았는데
사라지는 것들이 있어요.

한 자 한 자 꾹꾹 눌러쓴 편지

나왔다!
개봉작!

지금처럼 극장을 자주 가지 못하던 시절,
참새가 방앗간 드나들듯 다녔던 동네비디오가게

학원 강사 시절, 월급을 받으면 첫번째로 달려가던
길동사거리의 음반가게

지금도 CD를 가끔 사지만
확실히 예전 같지는 않습니다.

CD로 듣는 것보다
파일로 듣는 경우가 더 많아지니

겨우 클릭 몇번 하고
듣게 되는 경우가 많아요.

음반가게 갈때는
정말 두근두근거렸어요!
지금처럼 정보도 없을 때라
샵에 가서 발견하는 음반도 꽤 많았거든요.

인터넷 30초 미리듣기 이런 것은 없었지만
ㅜ 모 레코드처럼 대형샵에는
CD를 미리 들어 볼 수 있는
시설이 있었죠! (바로 아래처럼!)

이런 시설이요!
(TV CF에 활용되기도 했었죠.)

아무튼 가벼운 주머니 사정을 생각하며
심사숙고하며 고른 CD의
비닐을 뜯고 케이스를 여는 순간!

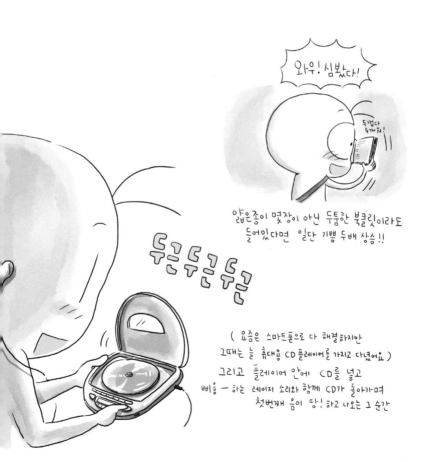

앏은종이 몇장이 아닌 두툼한 북클릿이라도
들어있다면 일단 기쁨 두배 상승!!

(요즘은 스마트폰으로 다 해결하지만
그때는 늘 휴대용 CD 플레이어를 가지고 다녔어요)
그리고 플레이어 안에 CD를 넣고
삐융 一 하는 레이저 소리와 함께 CD가 돌아가며
첫번째 음이 땅! 하고 나오는 그 순간

그 순간은 땅에서 약 1cm 정도 떠오르는 순간이었어요.

아주 살짝, 정말 살짝이요.
아무도 모르고 나만 알수 있는 그런 높이

그렇게 새로 산 CD로 음악을 들으며
집까지 걸어가는 그 시간이 참 좋았어요.
그 밤, 넓지도 좁지도 않던 그날의 밤.
길동사거리에서 올림픽공원까지....
한달에 두어번 찾아오던 그 시간이 참 좋았습니다.

한 앨범을 시작부터 끝까지 듣는 거,
의외로 괜찮아요.
중간에 마음에 들지 않는 곡이 나올 때도 있지만
그런 곡 조차도 끝까지 듣다보면
고개가 끄덕여질 때가 있거든요.

게다가 딱 마음에 드는 노래가
기대하지 않았던 순간에
"짜-잔"
하고 나타나면
순간 가슴이 '찡～' 해지기도 했습니다.

하지만 이 느낌도 이제는 옛날이야기네요.

기술은 발전하고

시대가 바뀌니까
당연히 변하는 것들이지만....

지금은 사라졌지만, 기억나는 그 순간 있죠?

#04
내 생애
첫번째...

그런거
말고!

초딩 6학년 (저는 사실 국딩시대 -ㅅ-ㅎ)
저는 신문을 돌렸었습니다.

와! 죽인다

사전거가 무척 갖고 싶었던 그 때,
마침 큰 형이 신문을 돌려서 용돈을 쓰고 있었던 터라
저도 신문을 돌리기로 마음먹고
석간신문 →D 일보 보급소를 찾아갔어요.

이거 힘든데
할 수 있겠어?
며칠 하고 관두는거
아니고?

너무 어린데.....

아니에요,
잘 할 수 있어요!
형 따라서
몇 번 해봤어요!

(뻥!)

처음에는 어려서 안 된다고 했었지만
할 수 있다는 제 말에 결국 허락한 소장님.

아! 내일부터
나도 돈을 버는구나!
큭큭큭! 그리고

어린나이였지만 드디어 '나도 돈을 버는구나!' 하는 생각에,
또 자전거 생각에 밤새 설렜습니다.

음 115동부터 ....

그렇게 신문을 돌리기 시작했는데 ....

"아"

아! 힘들다.

너무 힘들다

덜덜 덜덜

돈은 생각처럼 쉽게 버는 게 아니었습니다.
아아아! 너무힘든 거예요!

그냥 자전거가 너무 갖고 싶었고,
큰형(4살 차이, 당시 형은 조간신문) 이 하는 것을 보고
나도 할 수 있겠다 하고 시작했는데....

현 실 은 ....

죽을거같아!

토할거같애!

아~
노동이여!
정말 그때가 제 인생최초로
일이라는 것이 힘들다는 것을.... ㅡㅅㅡ◐
아니 사는 게 힘들다는 것을 느꼈습니다. ㅠㅅㅠ◐

놀고싶다!

그리고 나이(초딩6년)가 나이였던 만큼 저녁에 친구들이랑 놀지못하는 게 엄청 힘들었습니다.

시간이 왜 이렇게 안가냐....?

너무 힘이 들어 고만두려고 했지만 한달은 채워야 월급을 받으니 매일밤....
(자전거는 이미 포기상태!)

한달만 버티자
한달만 버티자
한달만 버티자

한달만 버티자
한달만 버티자
한달만 버티자

한달만 버티자
한달만 버티자
한달만 버티자

이렇게 노래를 부르며 잠을 잤습니다.

드디어 한달째 되는 날!

신문보급소 소장님께
그만 한다고 얘기를 드리는데,

그 소리에....

초딩이어도 자존심이 있었나봐요!
보급소 소장님의 그 얘기에....
가슴속에서 뜨거운 게 올라왔습니다.

태어나서 처음 느껴보는 그런 감정

이렇게 되어버렸습니다 ㅎㅅㅎ♡

으아아아! 내가 왜 그랬지?

집에 돌아와서 ....

저렇게 말하고 한동안 매일밤 후회를 했습니다.

신문을 돌리다가 운 적도 있어요(헉!)
계단에 쪼그려앉아

하지만 그 이후로 초딩6학년 일년동안(헉!)
신문배달을 했습니다.
자전거요? 예! 두대나 샀습니다. -ㅅ-ㅇ
(하지만 두대 다 도둑맞았어요 ㅠㅅㅠ0)

어린나이에 놀지도 못하고 힘들었지만
그래도 나름 좋았던 기억, 느꼈던 것들도 많았습니다.

그때 첫통장이 생겼고 돈버는 일이 얼마나 힘든지,
작지만 책임감도 뭔지 알게되었죠.

당시 제 첫 월급은 15,000원이었고
마지막 관둘때 월급은 50,000원이었습니다.

PS
오늘 내가
떡볶이 쏜다!

떡볶이
한판!

*당시 떡볶이 100원, 200원 하던 시절
(아악!또 내나이!!! ㅠㅅㅠ)

그리고 제 인생 최초로
'쏜다'는 것도 경험하게 되었습니다 -ㅅ-ㅇ

ALWAYS SMILE

#05
최고의 라면

핫핫!

오잉!
라면먹냐?

요즘 맛있다고 소문난
'나가사키 블랙꼬꼬댁'면이다.
후후후, 마트에서 간신히 샀지!

오오~
그 맛있다는....

☆ 개인적인 사정으로 2000년 이후 라면,
   (거의) 먹지못함 ㅠ-ㅠ

아아! 나도 라면을 먹던 시절이 있었지.
내 인생 최고의 라면을…..

꿀꺽!
껄꺽!

※ 페리, 공식 추억회상컷 ⓒ

때는 199… (아! 인간적으로 시간은 적지말자! ㅠ~ㅠㆆ)
아무튼 내가 고2, 미술학원 예비반이었던 시절,

예비반도
일요일날 나오고 싶은
사람은 나와~
1시부터 5시까지
자유 뎃생이다!

일찍오면
학원에서 예비반
다같이 점심먹는다.

우와!

당시 우리 미술학원은, 약간 화실 분위기가 나고 그래서
좀 자유롭게 그림 그리던 분위기였어요.

원래 예비반은 일요일에 수업이 없지만
몇몇 열혈(?) 예비반 꼬꼬마들을 위해
자유수업 (나와도 되고 안나와도 되는)
시간이 있었습니다.

뭘 그린거?

저는 악착같이 나오던 쪽이었는데
엄청 성실한 예비반.... 뭐 이런 것보다 ㅡㅅㅡ
어차피 공부학원을 다니는 것도 아니었고,
학원가서 친구들이랑 놀고,
일요일날 더 나간다해서
학원비를 더 내는 것도 아니고 .... 핫핫!!

그리고 또 한 가지....
그게 바로

일요일 점심, 선생님이 끓여 주시던

"마법의 라면"

때문이었습니다! (츄릅츄릅~~~)

당시 우리를 가르쳐 주시던 (소묘)쌤은
학원에서 먹고 자고, 아예 살고 계셨거든요.
그래서 정규수업이 아닌
자유수업이던 일요일 점심은
다 같이 라면을 끓여 먹었습니다.

첫번째로 라면을 끓여먹던 날,
사람 수는 7~8명이고
라면 개수도 많은데
선생님 혼자 사용하는
1~2인용 작은 냄비에 물을 끓이는거예요!

그리고 딸랑 라면 한 개 퐁!

(희 열용보다 십몇 년 빠르게) 매의 눈을
하고 냄비를 지켜보던 선생님의

"먹자!" 한마디에,

파파박!

사방에서 날아오는 젓가락과
순식간에 사라진 라면,

그리고 시작된
(진짜) 라면매직쑈!ㅎ_ㅎ

보글보글

선생님도 드시면서
계속 라면을 조금씩 넣어가며 끓이는데,

적당한 물과 라면이 연이어
냄비로 들어가고 미세조절의
스프가 들어가서 한데 어우러지며
익어가는 라면,

중간중간 입속으로 사라지는 양만큼
최고의 타이밍에
투입되는 물+스프+면의
삼 박 자!

그것은 마치 예술에 가까웠습니다.

저도 한 젓가락 입에 넣고,

아! 이맛은....

아! 정말 맛있는 거예요 ㅠㅁㅠ
정말 정말 맛있는데,
참 맛있는데
뭐라 표현할 방뻡이 없네.....

뭐 그런맛!

특히나 이 라면의 하이라이트는
마지막 라면 즈음인데 이때쯤 되면
최후의 건더기와 남은 국물은 정말 진국이 되어
그 맛이..... 어휴 정말!

사실 「그때」의 라면이
대단히 특별했던 것은 아니었을 거예요.

다니고 싶었지만, 돈이 없어서 거의 포기했던
미술학원에 운좋게 다니게 됐고,
좋은 친구들과
좋은 선생님,
그리고 그림에 둘러싸여 있던 그 느낌이
라면에 녹아서 더 맛있던 것일지도 몰라요.

전 라면만 먹었던 게 아니고
「그때의 그 느낌」을
같이 먹었던 것 같습니다.

PS.

선생님이 잘 끓였다며....?
신의 테크닉이라며?

하하

"따뜻했던 그때 그느낌"

#06
브라보
마이 노래방 라이프

저는 미술대학에 들어갔지만,
간신히~~ㅇ

졸업하지는 못했습니다!
(중간(이라고 하기엔 초반 -_-ㅇ) 에
여러가지 사정으로 그만두었습니다)

중간에 또 시험을 쳐서 대학에 들어갔지만

몇가지 사정으로 또 그만둘 수밖에 없었습니다.

아무튼 이 얘기는 나중에 다시 하기로 하고, 그렇게 미대에 가기 위해 미술학원을 다녔습니다.

미술학원에서 친구들을 사귀게 되었는데,
얘네들이 하나같이 모두 노래방을 좋아하는 겁니다.
(아주아주아주아주 많이!)

저도 노래 부르는 걸 좋아해서 자연스럽게
노래방 패밀리가 결성됐는데....

어찌나
자주 노래방을 갔던지
사장님하고 엄청 친해져서
돈 몇천원 내고
1시간, 2시간씩 (손님 없을 때)
노래 부르게 해주고 그랬습니다.

밥 굶고 그 돈으로 노래방가고,

노래방 갔다가 차비 없어서 집까지 걸어가고

노래방 사장님이 계속 뻰나스(추가시간) 주길래
정말로 밤새 노래부르고
첫 차 타고 집에 간 적도 여러 번 있었죠.

아무튼 정말 노래방 무지 다녔습니다.

그때까지는 몰랐죠.
우리가 좀 이상한건지....
늘 다니던 멤버들하고만 다녔으니까요.

그러다 대학에 가고
새로운 사람들과 노래방을 갔는데

●

●

●

●

허억!!
도대체 몇곡을
예약해 놓은 거야?

683 35072 2413 15731
2535 38821 13591 24513
13392 1890 23591 3839
35422

한사람이
몇곡을 불러젖히나!

빠직

예... 예약이 ....

노래
왜 안불러?

그렇습니다. 그것은 저한테 문화충격이었어요.
예전에는 친구들고가 노래방에 가면 무조건
한사람이 한곡씩, 그리고 순서대로 불렀거든요.

야! 저게 더 이상해!
무슨 노래자랑도 아니고
순서대로 딱 부르는게!

그리고....

바깥
그래요. 노래방의 세계는
제가 알던 것과는 달리 야생이었습니다.

(빨리) 예약하지 못하는 자
부르지도 못하고

분위기 가라앉히면
1절에서 퇴출되고

서로의 노래에 집중해주는
그런 분위기는 (거의) 없었습니다.

노래방 라이프는
그 후로 점점 재미없어졌어요.

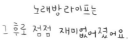

생각해보면 옛날 그 멤버들이 (나를 포함)
이상한 애들이었어요.

노래방에 정말 노래부르러 가던
이상한 아이들

신곡을 부르지 않아도
분위기를 띄우지 않아도,
아무런 부담없던

노래방에서 떼창을 하던
이상한 아이들,
이상한 시간들

내 노래방라이프 중에 가장 행복했던 시간들

일 상,

하루하루가   의미 있는

#01
여름의 끝에서
만난 고양이

저는 밤새 일하고 오후에 일어나는데
거의 매일밤, 운동 겸 산책을 나갑니다.

아파트를 삥 둘러서 도는 코스인데
아파트 길이긴 하지만 동네가 도시와
떨어진 곳이라 한적하고 공기도 좋아서 산책할 만합니다.
게다가 요즘은 바람도 너무 좋고요!!

그렇게 산책 중에 풀숲에서 고양이가 나타나서
나옹거리며 따라오는 거예요.

보통 길고양이들은 안 그러는데
이 녀석은 앞에 떡하니 자리 잡고
'나옹'거리길래 '신기한 고양이다'
그런 생각이 들었어요.

그냥 '붙임성 좋은 녀석이네' 그러고
계속 산책을 하는데, 아니 이 녀석이
강아지처럼 졸졸 따라오는 겁니다!

너무 신기해서 막 뛰어봤는데.....
우와! 이 녀석, 정말 강아지처럼 같이 달려오는 겁니다.
큰 아파트 단지 한바퀴를 도는 내내
이 녀석은 딴데 가지 않고 따라왔습니다.

더 신기한 것은 중간에 녀석이
쓰레기봉투 같은 것을 만지길래,
"안돼! 이리와!!!" 라고 하니

냉큼 달려오는 거예요!
"우와 얘 뭐야??"

너무 신기한 녀석이라,
일단 뭐 먹을 거라도 줘야겠다 싶어
집으로 올라갔습니다.
그 사이 가지 않을까 걱정했는데....

저렇게 식빵 자세 (맞나요?) 를 하고
아파트 현관 입구에서 딱 기다리고 있었습니다.

그때부터 고민이 시작됐습니다.

아……
데려가야하나?

냠냠냠냠

그게 뭐 고민인가 할지 모르지만
제가 아토피+초특급 알러지+초특급 비염 3종플셋트거든요.
애완동물과 같이 살고 싶지만 ㅜ—ㅜ

그게 안돼요! (으헝으헝)

아! 데려가고 싶다. 데려가고 싶다. 데려가고 싶다!
아! 데려가고 싶다. 데려가고 싶다. 데려가고 싶다.
데려가고 싶다. 데려가고 싶다. 데려가고 싶다.
데려가고 싶다. 데려가고 싶다. 데려가고 싶다.
데려가고 싶다. 데려가고 싶다.
데려가고 싶다. 데려가고 싶다.

고양이를 키우는
다른 그림쟁이 친구들한테 전화도 해보고
한참을 고민하고 고민했지만....
데리고 올 수 없을 것 같았습니다.

늘 그런 건 아니지만,
컨디션이 좋지 않을 때 애완동물이랑 오래 있으면
이렇게 되기도 하거든요. ㅠ-ㅠ

담배연기 많이 맡아도 맛가고.

역시 컨디션 안좋을때 모기에 제대로 물리면
이렇게 되는 초민감, 저질피부라서 ....

결국 데려가지 못하고,
근처 편의점에서 (고양이가 뭘 잘 먹는지 몰라서)
종류별로 쏘세지 몇개랑 물을 사다 주고는
집으로 올라왔습니다.

현관에서 돌아보니,
저렇게 현관이 보이는 자리에
떡 올라앉아 있더라고요.

집에 돌아와서 한시간 넘게 일하다가
자꾸 녀석 생각이 나고 다시 못볼 것 같아서,

카메라를 들고 후다닥 뛰어 나갔습니다.

이런 생각을 하며 내려갔는데....

녀석이 안가고 그대로 있었어요.
그냥 그 자리에 ....

다시 못볼 것 같아서 사진을 좀 찍고
쏘세지 몇개 더 사다주고
왜 못데려가는지 한참 이야기 하다가 올라왔습니다.

녀석이 야옹~ 하고 우는 것이
바보같은 생각이지만 알아듣고 괜찮다고
말하는 것 같았습니다.

여름의 끝자락,
그 날 유난히 까맣던 밤하늘,
유난히 시원했던 밤바람,
그리고 그 고양이,
아쉬웠던 모든 것들이
생각나는 그 밤.
또 올 거니?
내가 내일 사료랑
이것저것 사올게.
모르겠어요
미안하다.
못 데려가서….
아니에요.
차조심 하고..
네!

#02.
정말로
안되는게 있다

야! 분명히
11시까지는 갈수 있다며!

그러니까....
아! 괜히 이 길로 와 가지고...

며칠 전 페리와 영화를 보러 나갔다가 40분 정도면 갈 거리를
무려 1시간 가까이 헤매는 바람에
보려고 했던 영화를 보지 못하고, 다른 영화를 봤습니다.

"이쯤에서 예상되는 질문"

내비게이션이
없었나요?

저는 처음에 녀석이 그저 운전을 많이 하지 않아서
아직 길을 잘 모르는 거라 생각했었죠.
그러나 녀석이,

(지금은 거의(ㅡ_ㅡ0) 알지만) 강변북로와
올림픽대로를 헷갈릴 때
뭔가 심상치 않다는 것을 느꼈죠!

이런 상태니 내부순환로, 외곽순환도로 등등
다른 길은 더더욱 알지못하죠. ˉ-^-ˉ°
(어떤 길을 가고 있지만 어디인지 모르는 그런 상태!)

여석은 내비가 없으면 아무 데도 가지 못합니다.

문제는 내비가 잘 가르쳐 줘도
딴 길로 가서 헤매는 경우가 종종 있다는 거죠!

가끔 내비가 오류라도 나면
페리는 완전 패닉 상태가 되곤 합니다.

보다못한 우리는 녀석에게 길 외우는 법,
핵심이 되는 큰 도로들을 알려주고,
서울.경기도 지도를 놓고 공부까지 시켰습니다.

정말 나아졌을까요?

얼마 전 일산에서 모임이 있던 날.

- 꽤 오래전 , 강남 -

· · · 십 여 분 경 과 · · ·

· · · 또 경 과 ! · · ·

일상 247

이상하네.
내려가서 왼쪽
으로만 가면
반대편으로
나올텐데....

맞다!!

예! 생각났어요!
운전할때만
그런게 아니었어요!!
역사가길은 길치였죠!!

오늘도 감사!!

진짜로 내비게이션이
있어서 다행이야!!
내비게이션 첨 만든 사람
복 받을 거예요!!

.... 길을잃어도 좋으니까   여행가고싶다 파란바다로....

오랜만에 버스를 탔는데.....

휴대용 기기(스마트폰, PMP, 일반 전화기 등등)로
뭔가 하고 있었습니다.

차 안에 있던 모든 사람들이
'모두!'
작은 기계에 몰두해 있는 그 모습이
꽤 낯설었지만 인상적이었습니다.

뭔가 어색하고, 나도 뭘 해야겠다는 생각에...

...여기저기 전화를 걸었습니다. ㅡ_ㅡ゜

(그 당시 제 폰은 꽤 오래된 슬라이드 폰)

세상이 엄청 빠르게 변하고 있었던 거죠.
그리고 저도 어느새....
스마트 세상에 발을 들여놓았습니다.

길을 걷다가도

집에서도

심지어는 자기 직전까지....

거의 눈뜬 후 모든 시간을 같이 하게 되었는데,
슬슬 부작용들이 따라오기 시작했습니다.

부작용 사례 ①

전화기를 깜빡 잊고 외출했을때
예전 피처폰 시절보다 「안절부절 게이지」
약 200% 더 상승!!

옥시 잃어버리기라도 한다면....

「안절부절 +200」에 「망연자실 +200」하고
「패닉게이지 +200」받고 +100 더!

☆다행히도 천사같은 분의 선행으로 찾았음!

그때 페리 본인 표현에 의하면
허탈+상실감에 온몸이 녹아내리는 듯했다고 함.

부작용 사례 ②

밤새 일하고 딱 지쳐 쓰러져 자기 직전,

잠깐 트윗이나 볼까 하고
폰을 들었다가,

나도 모르게 2시간 뒤로 날아가 있음!
(피곤 +100을 획득하셨습니다!!!
보너스로 다크서클 게이지가 가득찹니다! 띠링!)

부작용 사례 ③

사실 이게 제일 큰 부작용이죠!

다른 사람과 대화할때 집중하는 게 많이 떨어졌어요.
이게 참 좋지 않은 부작용이더라고요.
뭐랄까, 같이 있는 사람을 순간 유령으로 만드는....ㅜ-ㅜ

좋아하되 너무 빠져서 녹아버리지는 말아야지!

어두운곳에 그만있고
이제 빛을 향해 점프!

(앞서 등장했던 신문배달 에피소드 참고)

처음에는 정말
계단에 쪼그려 앉아 (처) 울기도 했습니다.

배달 카드라는 게 있었는데
(제가)머리가 나빠서 잘 외우지 못하니
꼭 확인하고 돌리느라 시간도 많이 걸리고....

그래서 계속 고생만 할 것 같았습니다.

하지만 인간은,
아니 캐릭터의 적응력은 놀라웠습니다.

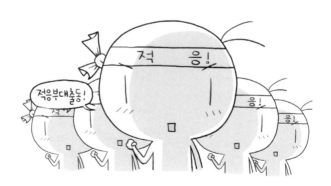

배달을 시작하고 두어달이 지나자,

☑️ 배달되는 동호수 다 외웠음.

☑️ 1층에 배달되는 신문은
계단을 올라가지도 않고 샥 던져서 문앞에 놓음.

신문 돌리는 기술이 늘면서
배달 시간이 엄청나게 단축되었죠.

그래요. 인간(캐릭터)의
적응력은 놀라운 것이었습니다.

처음 부장님한테 깨졌을 때,

이제 회사생활은 끝인가? 그렇게 생각했지만
적응의 달인인 나는 ....

부기스타일
"적응의 벽"

금세 마음의 평화를 찾았지!

겁나 배고파서
죽기 일보 직전일 때
딱 발견한
라면 하나!

허겁지겁 라면을 끓여,
먹으려던 찰나

미끌

끄갸!

우당탕탕

라면을 엎었지.
잠시 동안 죽을 것 같이 괴로웠지만....

난....

적응은 꼭 필요한것이지만 때때로 슬프구나 ㅡㅅㅡㆁ

빈이는 오늘 기분이 좋습니다.

쁘낸도 그렇고요.

부기도 기분이 좋습니다!

오늘은 곗날이거든요!
그래서 모두들 기분이 좋습니다!

나만빼고

이렇게 즐거웠던 그들,

하지만 이 계는.....

모두가 계원이지만
모두가 탈 수 있는 계는 아닙니다 -ㅅ-ㅇ

며칠 전 ①

신은 그들의 우정을 어여삐 여겨
'우정파괴로또'는 단 한개의
숫자도 맞지 않게 도와주셨습니다.

#06
말을 하라고!

- 며칠전 -

까르르르르! 뿌잉뿌잉
빠빤! 같이 가!
깨방정 깨방정
칠랄레 팔랄레

칠랄레 팔랄레 깨방정을 떨 때 알아봤죠

~오두방정깨 방정~

사람들이 엄청 북적대는
카페 거리 한가운데서 넘어졌습니다.

* 밑에서 본 모습

바로 털고 일어났어야 했는데
좀 세게 넘어져서 바로 일어나지 못한 것이 함정

그렇습니다.
인생은 타이밍!
타이밍을 놓치면 창피함(쪽팔림)은 두 배가 됩니다.

결국 그 사람 많은 곳에서 또 넘어졌습니다.

그동안 여러 번의 소심고백이 있었지만 오늘은 진대로....

그냥 나온 적도 있고....

헉! 올드보이
박찬욱 감독님!!

박찬욱감독님 짱♡♡

헤이리에 사진 찍으러 갔을 때
박찬욱 감독님을 봤는데

사... 사인... 받을까?
사... 사인

음, 뒤통수에
이상한느낌이...

너무 좋아하는 감독님!
사인... 해...
달라고 할까?

거의 30여 분을
따라다니기만 (멀리서) 하고
결국 사인을 받지 못 한 적도 있고...
ㅠㅅㅠ∂

집에 가는 차 안, 심야 라디오에서
제가 예전에 냈던 책 '완두콩'의 만화 하나가
각색돼서 오프닝으로 나왔는데,

원작 이야기도, 출처 소개도 없이 그냥 나오고 끝나길래

잠깐 투덜대고
소심하게 다른 거 들었습니다 -ㅅ-ㅇ
그 이후로 한동안 즐겨 듣던 라디오 프로에서 제외!

난 그냥 단무지 안먹을래!

야!

지금 빤과 페리의
소심+찌질 배틀이 시작되려 한다.

이넘들아! 단무지는 셀프여!

난 내 소심함의 끝을 본 적이있지! 내 가슴속은 쫄고라 드러쓰어~

페리테일, 정현재, 뻐번쩜넷, 2002년부터 지금까지, 사진기, 국민대학교 금속공예
회화자퇴, 싸이키블루, 포엠툰, 완두콩, 알고있지만 모르는것들, 멈추지말아요완두콩씨
보고있으면기분좋아져라, 10권·10년의 시간기록장, 미디어다음 만화속세상,
기분좋아져라앱, 사진찍고그림그리고, 쓰고, 노래부르고, 영화보고, 책보고, 음악듣고
수다떨고, 산책하고, 커피마시고, 트윗하고, 페북하고, 미투하고, 블로그하고
www.bburn.net . www.sonic-c.com . twitter/perytail
facebook/perytail, me2day/pery_tail, ✉ perytail@hanmail.net

고마워요 / 2002년부터 지금까지 저와함께해준 뻐번쩜넷 식구들, 가족들, 친구들, 만화가들,
넥서스출판사, 바다출판사, 대교출판사, 청하출판사, 살림출판사, 안그라픽스
코마스, 하이픈, DAUM 만화속세상, 트리즈컴퍼니, 스핀노트 (월깜), 일러이미진스
KAKAO, 다날, S&P PLANNER, 프랑트, 디밀토, 럽툰 K코믹스, DP
CLUB RPM, KOOK CUSTOM, MINI KOREA, LOVE MINI
그리고 JUNE.

"고 마 워 요"

" ㄱ l분좋은일들이점점퍼져나가기를 "